PEDRO

¡PEDRO SE VUELVE SALVAJE!

por Fran Manushkin

ilustrado por
Tammie Lyon

PICTURE WINDOW BOOKS
a capstone imprint

Publica la serie Pedro, Picture Window Books,
una imprenta de Capstone
1710 Roe Crest Drive
North Mankato, Minnesota 56003
www.capstonepub.com

Texto © 2020 Fran Manushkin
Ilustraciones © 2020 Picture Window Books

Los datos de CIP (Catalogación previa a la publicación, CIP) de la Biblioteca
del Congreso se encuentran disponibles en el sitio web de la Biblioteca.
ISBN 978-1-5158-5722-8 (hardcover)
ISBN 978-1-5158-5724-2 (pbk.)
ISBN 978-1-5158-5726-6 (ebook PDF)

Resumen: Pedro y su papá van de excursión al bosque, donde resulta que Pedro
sabe mucho más sobre animales y plantas que su papá, pero de todos modos
los dos se divierten.

Diseñadora: Charmaine Whitman
Elementos de diseño de Shutterstock

Printed and bound China.
2493

Contenido

Capítulo 1
¡Vamos de excursión!............................5

Capítulo 2
Pánico en el pícnic............................ 13

Capítulo 3
La gran tormenta................................18

Capítulo 1
¡Vamos de excursión!

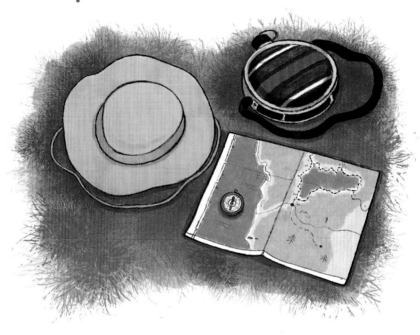

—Hoy hace muy buen día —dijo el papá de Pedro—. ¿Quieres que vayamos de excursión al bosque?

—¡Genial! —dijo Pedro—. Me encanta el bosque. Podemos volvernos salvajes.

—No te preocupes. No nos perderemos —dijo el papá de Pedro—. Yo soy un gran explorador.

—¡Bien! —dijo Pedro.

Comenzaron a caminar.

—Estas hojas son muy lindas
—dijo el papá de Pedro—.
Vamos a recoger algunas para
mamá.

—¡No las toques! —gritó
Pedro—. Eso es una hiedra
venenosa.

—¡Ahh! —dijo el papá de Pedro—. Qué miedo.

—No da tanto miedo como un oso —dijo Pedro—. Espero que no veamos ninguno.

—¡Ay, no! —dijo su papá—.
Si viera un oso, saldría volando
como ese cuervo.

—Eso no es un cuervo —dijo
Pedro—. Es un halcón.

—¡Es un
animal salvaje!
—dijo el papá
de Pedro.

—Sí —dijo Pedro—. A los
halcones les gusta comer ratas.

—¡Puaj! —dijo el papá
de Pedro—. ¡A mí, no!

—Vamos a correr —dijo
Pedro.

Su papá corrió rápido. De
pronto, gritó: —¡DETENTE! ¡Ahí
hay un oso!

El oso era . . . ¡un tierno
y esponjoso perrito!

El papá de Pedro se rio
y Pedro también.

Capítulo 2
Pánico en el pícnic

—Vamos a comer —dijo
el papá de Pedro.

—Tu sándwich de
mantequilla de maní está
delicioso —dijo Pedro—. Ahora
tengo que beber algo.

—¡Oh, no! —dijo su papá—.
Olvidé llenar la cantimplora.

—Papá, ¿alguna vez viniste
aquí de excursión? —preguntó
Pedro.

Su papá sonrió. —Hace
mucho tiempo

—Vamos a darles unos trozos de pan a estas hormigas —dijo Pedro.

Las hormigas se comieron todas las migas. Ellas no necesitaron nada de beber.

Comenzaron a caminar
de nuevo.

—¡Ay! —gritó el papá
de Pedro—. Se me ha subido
algo grande a la pierna.

Salió corriendo lleno
de pánico ¡y se cayó
en un charco!

—Solo era una rana —dijo
Pedro—. No hace daño.

—¡Ay, no! —Su papá
se rio—. Me parece que soy
un explorador terrible.

Capítulo 3
La gran tormenta

Pedro miró el cielo.

—Oh, no —dijo—. ¡Se acerca una tormenta! Vámonos deprisa a casa.

—Vinimos por este camino —
dijo el papá de Pedro.

Comenzaron a caminar.

¡Iban por el camino equivocado!

¡Cayeron rayos! ¡Y truenos!

—¡No te preocupes! —dijo
Pedro—. Creo que sé cómo
volver. Pero yo no puedo ir
tan rápido como tú. ¿Me puedes
cargar?

—Claro que sí —dijo el
papá de Pedro. Empezó
a correr.

Subieron una colina.
Bajaron una colina. ¡Subieron
otra vez!

El papá de Pedro era fuerte
y rápido. Corría como el viento.

—¡Vamos, papá! —gritó
Pedro.

Cuando llegaron a casa,
el papá de Pedro dijo: —Siento
no saber mucho sobre el bosque.

Pedro negó con la cabeza.

—Papá, tú sabes lo más
importante.

—¿Qué cosa? —preguntó el papá de Pedro.

—¡Sabes divertirte! —dijo Pedro.

—¡Sí! —Su papá sonrió de oreja a oreja.

Se dieron un abrazo.

Acerca de la autora

Fran Manushkin es autora de muchos libros ilustrados populares. Entre ellos están *Pedro y el monstruo*; *La suerte de Pedro*; *Pedro, el ninja*; *Pedro, el pirata*; *El club de los misterios de Pedro*; *Pedro y el tiburón* y *La torre embromada de Pedro*. Katie Woo es una persona real —es la sobrina nieta de Fran— pero nunca se mete en tantos problemas como la Katie Woo de los libros. Fran escribe en su adorada computadora Mac, en la ciudad de Nueva York, sin la ayuda de sus traviesos gatos, Chaim y Goldy.

Acerca de la ilustradora

Tammy Lyon se aficionó al dibujo desde muy pequeña, cuando se sentaba a la mesa de la cocina con su papá. Su amor por el arte continuó y la llevó a estudiar en la Facultad de Arte y Diseño de Columbus, donde obtuvo una maestría en bellas artes. Después de una breve carrera como bailarina de ballet profesional, decidió dedicarse por completo a la ilustración. Hoy vive con su esposo, Lee, en Cincinnati, Ohio. Sus perros, Gus y Dudley, le hacen compañía cuando trabaja en su estudio.

Glosario

cantimplora—recipiente de metal para llevar líquidos

cuervo—pájaro de color negro

hiedra venenosa—enredadera con hojas de color verde intenso que a menudo causa sarpullido cuando las personas la tocan

rayo—luz brillante en el cielo que se forma cuando la electricidad pasa entre las nubes o desde una nube hasta el suelo

terrible—muy malo

trueno—ruido que se oye después de un rayo cuando hay una descarga eléctrica en las nubes

Vamos a hablar

1. ¿Quién sabía más acerca del bosque en el cuento? Explica tu respuesta.

2. Pedro tiene un hermano mayor llamado Paco. ¿Cómo habría cambiado el cuento si Paco hubiera ido con ellos de excursión?

3. ¿Crees que Pedro y su papá tuvieron un buen día? Explica tu respuesta con detalles del cuento.

Vamos a escribir

1. Piensa en el cuento y haz una lista de cinco cosas que les gustan a las personas que salen de excursión por el bosque.

2. Dibuja un mapa con rutas de excursión. Pon nombre a las rutas y rotúlalas.

3. El papá de Pedro pensó que el perro era un oso. Imagínate que hubieran visto un oso de verdad. Escribe un párrafo para contar lo que habría pasado.

¡LOS CHISTES

🍁 ¿Qué parte de un árbol tiene
más hojas?
La parte de afuera

🍁 ¿Cuál es el oso
más antiguo del mundo?
El *oso* panda, porque está
en blanco y negro.

🍁 ¿En qué se parece una montaña a
un *oso*?
En lo montañoso

🍁 ¿Sabes el chiste del zorrillo
y la excursión?
No importa, apesta.

DE PEDRO!

🍁 ¿Qué le dijeron los excursionistas
al mar?
Hola, ola

🍁 ¿Qué le dice un árbol
a otro?
Nos dejaron plantados.

¿Cuántas
hormigas caben
en una ballena?
Ninguna, porque
va llena.

🍁 Una pera está en la parada
del autobús.
—¿Desde cuándo espera? —le
pregunta la manzana. —Desde
que nací.

¡DIVIÉRTETE MÁS CON PEDRO!